Reinhold Stecher

Das Geschenk der Weihnacht

Reinhold Stecher

DAS GESCHENK DER WEIHNACHT

Herder
Freiburg · Basel · Wien

Umschlagbild: *Anbetung der Könige.* Altarbild von Martin Knoller, Prämonstratenserstift Wilten – Innsbruck.

Herstellung: Freiburger Graphische Betriebe 1991
ISBN 3-451-22464-X

Vorwort

Dem geschätzten Leser des vorliegenden Bändchens bin ich eine Erklärung schuldig: In dieser Reihe des Verlages Herder erschienen schon eine ganze Anzahl von Büchern renommierter Autoren zur Advents- und Weihnachtszeit, und ich selbst habe diese theologisch tiefen Meditationen und Erschließungen der geistlichen Botschaft vom Kommen des Herrn mit großem Gewinn gelesen.

Die weihnachtlichen Besinnungen, die ich hier – auf Anregung des Verlages Herder – vorlege, haben eine besondere Vorgeschichte und mögen sich daher von anderen unterscheiden. Es handelt sich dabei nämlich nicht um Betrachtungen oder Predigten im strengen Sinn, sondern um regelmäßige Leitartikel zu Weihnachten in der unabhängigen „Tiroler Tageszeitung" in Innsbruck. Ein solcher Leserkreis schließt in weitem Maße auch jene ein, die zur Kirche kein Nahverhältnis haben. Sie sollten mit diesen Beiträgen ebenso angesprochen werden. Ich glaube, daß die Kirche diesen Versuch des Weiter-Ausgreifens immer wieder wagen muß, selbst wenn er oft nicht gelingen mag. Gleichwohl müssen wir mehr denn je davon ausgehen, daß sich weder das diffuse religiöse Interesse vieler Menschen am Rande, noch das geheimnisvolle Wirken der Gnade Gottes mit unseren Kirchenstatistiken erfassen lassen.

Und noch etwas bleibt zu bedenken. Um die Weihnachtszeit gehen in den Herzen Tore auf, die während des Jahres sehr oft verschlossen bleiben. Aber an solchen Riegeln muß man mit einiger Behutsamkeit rütteln. Auch muß man sich hüten, den Glauben als selbstverständlich vorauszusetzen. Ich möchte das vorausschicken – für den Fall, daß ein anspruchsvoller Leser „die Suppe" vielleicht für zu dünn hielte.

Im Tiefsten geht es doch um das große, beglückende Mysterium der Menschwerdung Gottes, um das *Geschenk der Weihnacht.*

Bischof von Innsbruck

INHALT

I

DER ZEITLOSE ADVENT GOTTES

Bahnt für den Herrn einen Weg

Die Adventsbotschaft des Propheten Jesaja (40, 1–5.9–11)

Tröstet, tröstet mein Volk, spricht euer Gott. Redet Jerusalem zu Herzen und verkündet der Stadt, daß ihr Frondienst zu Ende geht, daß ihre Schuld beglichen ist; denn sie hat die volle Strafe erlitten von der Hand des Herrn für all ihre Sünden.

Eine Stimme ruft: Bahnt für den Herrn einen Weg durch die Wüste! Baut in der Steppe eine ebene Straße für unseren Gott! Jedes Tal soll sich heben, jeder Berg und Hügel sich senken. Was krumm ist, soll gerade werden, und was hüglig ist, werde eben. Dann offenbart sich die Herrlichkeit des Herrn, alle Sterblichen werden sie sehen. Ja, der Mund des Herrn hat gesprochen. Steig auf einen hohen Berg, Zion, du Botin der Freude! Erheb deine Stimme mit Macht, Jerusalem, du Botin der Freude! Erheb deine Stimme, fürchte dich nicht!

Sag den Städten in Juda: Seht, da ist euer Gott. Seht, Gott, der Herr, kommt mit Macht, er herrscht mit starkem Arm. Seht, er bringt seinen Siegespreis mit: Alle, die er gewonnen hat, gehen vor ihm her. Wie ein Hirt führt er seine Herde zur Weide, er sammelt sie mit starker Hand. Die Lämmer trägt er auf dem Arm, die Mutterschafe führt er behutsam.

Adventliche Ströme im Meer der Zeit

Die Welt ist krank. Das ist die tägliche Feststellung, die durch unzählige Sendungen, Artikel, kritische Bücher, Reden, Analysen, Gespräche und Filme geistert. Auch die Literatur des satten Westens ist voll davon. Der negative Affekt dominiert allenthalben. Die Unheils-Seite der Menschheit leugnet eigentlich niemand.

Vor vielen Jahren habe ich mich gewundert, wie ich bei Kardinal Henry Newman gelesen habe, die Wahrheit, die ihm bei seiner Suche zunächst am klarsten und am einleuchtendsten erschienen sei, sei die von der Erbsünde gewesen. Tatsächlich sagt diese (in der Verkündigung weitgehend untergegangene) Wahrheit genau diese Vernetzung des Bösen im Menschengeschlecht aus. Sprachlich mag der Ausdruck „Erbsünde" wenig geschickt sein – sachlich jedoch wird eigentlich die Lehre von der verwundeten Welt kaum bestritten, zumindest nicht in ihren konkreten Auswirkungen.

Nicht nur klagen

Aber wenn auch im kirchlichen Bereich die düster-moralischen Töne die Szene beherrschen – manchmal bis hinein in hochoffizielle Äußerungen –, wenn Negativpropheten, Krankjammerer und Sündenpfuhlvisionäre die Oberhand gewinnen, oder gar jene zum Teil innerkirchlichen Bewegungen, die gleich Rutenpendlern immer und überall das Satanische orten und den Leuten ein Weltbild einreden, das fast an die Gemälde eines Hieronymus Bosch erinnert – wenn also nur mehr die große Trauerschleife den Erdball bedeckt, dann wirkt dieser klagend-weinerliche Grundton nicht nur unecht, wie alles Überzeichnete, er ist auch kein Dienst am Heil.

Damit möchte ich weder die Abgründe des Herzens noch der Gesellschaft oder der Epoche ableugnen. Gleichwohl, man kann leicht auch den Jammer zu dick und zu hartnäckig auftragen. Die Klagelieder des Jeremias beten wir hie und da, aber nicht von früh bis spät. Es gibt Formen von Klagegesängen, die man schlicht und einfach sattkriegt. Hinter solchen allzu dichten Nebelvorhängen verschwindet die befreiende Wirklichkeit der Erlösung.

Es ist mir ein Trost, daß es unserem Herrn und Heiland ähnlich gegangen sein muß. Als er zur Tochter des Jairus gerufen wurde, hat er zunächst einmal die Flötenspieler mit ihren Jammerstäben und das professionelle Geheule der Klageweiber hinausgewiesen: Wie soll man bei solcher Begleitmusik das wunderbare, leise Wort sagen können „Talita kum" – „Mädchen, steh auf"?

„Das Mädchen schläft nur", hielt er den besserwissenden Todesdiagnostikern entgegen, die ihn verlachten (vgl. Mk 5,35–43).

Ist es beim kranken „Mädchen Welt" nicht ähnlich? Geht es von verschiedenen Seiten her nicht ein bißchen zu schnell mit dem moralischen Totenschein für die Menschheit? Und übersieht man vielleicht da und dort auch in frommen Ergüssen über die Bosheit der Welt jene Unterströme des Heils, die immer da sind, nicht deshalb, weil wir ein so imponierendes, nicht unterzukriegendes Geschlecht wären, sondern weil in dieser Menschheit – auch in der heutigen – so etwas wie eine unverdrossene Regie des Heils am Werk ist, und weil diese Erde nie eine ganz verlassene und aufgegebene ist?

Grundströme des Heils

Ich gebe zu, daß die Dynamik vom Unheil zum Heil sehr oft verborgen ist, wie beim wärmenden Golfstrom, den man in den Wogen des Atlantik zunächst nicht bemerkt. Doch diese Ströme sind da, und wer die Sinne für das Gute schärft, kann sie spüren. Fast jeder kann früher oder später auch ihre Wirkungen sehen, eben wie beim Golfstrom, der unwirtliche Küsten zum Blühen bringt.

Der Advent ist die Zeit, in der man auf diese Ströme achten sollte. Wir sollten die Hand eintauchen oder auf die Thermometer des Geistes achten, die wärmere Temperaturen anzeigen. Auch sollten wir uns von solchen Strömen ergreifen und tragen lassen. Denn in ihnen wird Gottes Heilswille, der im menschgewordenen Wort aufleuchtet wie Kristall, in der Geschichte offenbar.

Es gibt Weltkarten, auf denen die warmen Ströme der Ozeane eingezeichnet sind. Ich kann hier keine Weltkarte heutiger Grundströmungen entwerfen, doch auf den einen oder anderen Strom, der uns begegnet, möchte ich hinweisen.

Da gibt es einen Strom, der sich an der Grenze von Kalt zu Warm bewegt. Es ist der Strom einer tiefen Frustration, die aber auch eine Chance in sich birgt. Ich meine damit das *Wissen um die Leere einer Welt ohne Glauben.*

Selbst wenn wir uns zu den Gläubigen zählen, sind wir uns – Ehrlichkeit vorausgesetzt – dennoch im klaren, daß dieses Gläubigsein mit sehr viel Anfechtung und Unsicherheit verbunden ist, weil selbst bei einem großherzigen Glauben nun einmal nicht alle Rechnungen so glatt aufgehen. Die Theologie hat immer vom Glaubensdunkel gesprochen.

Doch wir vergessen dabei, mit welcher Unsicherheit der Unglaube selbst befrachtet ist. Da bohren im Hintergrund immer die Fragen: Ist dieses Sicht- und Erlebbare wirklich alles? Bin ich nur eine kurzlebige Ameise am Rande des Universums, das zu meinen Fragen schweigt (wie einmal ein Naturwissenschaftler formuliert hat)? Gibt es das, was man doch zutiefst erhofft – Gerechtigkeit und vor allem Barmherzigkeit –, gibt es das also nur in irgendwelchen utopischen Träumen? Treibt alles nur in ein rätselhaftes Chaos?

Das Ungläubigsein ist demnach gar nicht so einfach, wie es zunächst scheinen mag. Und das bloße Ausleben vitaler Wünsche ist es auch nicht; das Leben mit verdrängter Schuld ebensowenig. Und so tritt immer wieder ein Frustriertsein hervor, eine Leere, die zu einem Strom einer durchaus heilsamen Unruhe anwachsen kann. Es ist gewiß noch kein Strom des Heils, doch er nagt an den Barrikaden, die Gottes Heilsstraßen versperren.

Da ist auch der bereits wärmere Strom der *Solidarität,* den ich unbedingt erwähnen muß, da er ein Strom ist, der gerade in unserer Zeit besonders mächtig aufgebrochen ist. Wenn es die Impulse der Nächstenliebe schon immer gegeben hat, heute jedoch ist gleichsam ein Strom der Hilfe und Zuwendung an fremde Küsten zu sehen, eine neue Art von Fernstenliebe, eine Form weltweiter Anteilnahme und Betroffenheit. Die sonst immer auf den Sünderbänken sitzenden Massenmedien haben daran einen nicht unbeträchtlichen Anteil. Als Referatsbischof der österreichischen Caritas wird man mir glauben, daß ich diesem Strom oft begegne. Eine Sturmflut in Bangladesh ist Anstoß zum Handeln für eine Hauptschule in einem Bergtal, eine Hungersnot in Äthiopien weckt das Mitgefühl der Menschen in einem Altersheim, und die Not der Kurden sensibilisiert die Öffentlichkeit eines Landes. In früherer Zeit hat es niemanden bewegt, „wenn hinten, weit, in der Türkei, die Völker aufeinanderschlagen". Heute werden Erdteile mobilisiert. Menschen opfern ihren Urlaub, um bei Erdbebenkatastrophen zu helfen.

Natürlich gibt es bei Leuten, die einen sogenannten Heile-Welt-Horror haben, zu allen derartigen Phänomenen ein „Ja, aber", einen Vorbehalt, ein hintergründiges Fragezeichen. Das ist überall so, wo Menschen am Werk sind. Übrigens müßte ich diesen Alles-und-Jedes-Hinterfragern auch ins Stammbuch schreiben, daß ihr eifriges Hinterfragen selbst zu hinterfragen wäre und daß dabei oft gar nichts Ansehnliches herauskäme ...

Die Woge des solidarischen Mitfühlens ist eine wunderbare Strömung auf der Erde: von der Behindertenhilfe bis zum Amnesty-Einsatz, vom Brunnenbohren im Sahel bis zum Straßenkinderprojekt in Südamerika.

Einen anderen Strom möchte ich als *Trend zur gültigen Motivation* bezeichnen. Auch dabei handelt es sich keineswegs um eine rein innerkirchliche Erscheinung, im Gegenteil: in allen Bereichen des menschlichen Lebens ist das Bedürfnis zu spüren, gültige Motivationen für das immer komplizierter werdende menschliche Tun und Lassen zu erhalten – ob in der Wissenschaft, in der Wirtschaft, in der Politik, auf dem Gebiet des Tourismus oder der Umwelt. Man möchte ethische Haltepunkte ansteuern. Die Zeit des unbekümmerten Sich-Treibenlassens im Wind des Fortschritts ist vorbei. Dazu ist man in diesem Jahrhundert zu oft an die Klippen gekracht.

Ich erlebe diesen Trend – und so wie ich viele andere – in einer kaum zu bewältigenden Flut von Einladungen, bei verschiedensten Gelegenheiten hierüber zu sprechen und Orientierung zu geben. Dem zu entsprechen, überfordert geradezu, weil ja das lebensnahe Formulieren solcher Zielpunkte immer auch eine Kenntnis des betreffenden Wissens- oder Lebensgebietes voraussetzen würde, über die man verständlicherweise nicht verfügt. Aber wenn das Ringen um *gültige* Motive beginnt, endet es fast zwangsläufig in den Bereichen des Zeitlosen, im nicht mehr einfach Relativierbaren, bei dem, was keinen Moden und Meinungen mehr unterworfen ist. Die gültige Motivation tastet hinüber ins Unendliche. Und so ist auch hier wieder ein Strom des Heils aufgebrochen, der mitten aus der unruhigen Welt der Macher kommt und aus der Tiefe zum Licht drängt.

Wenn ich daran denke, daß innerhalb weniger Tage zwei Besuche zu mir kamen, die mich bewegt haben, kann ich noch einen Strom aufzeigen, der auch in der Welt des Geistes unserer Epoche wiederzufinden ist. Bei diesen Besuchen handelte es sich um eine Gruppe, die sich um ein „einfaches Leben" als Beitrag zu einer menschlicheren Welt bemüht, sowie um eine Gruppe junger Menschen – man höre und staune –, die allen Ernstes ein Gelübde moderner Armut ablegen möchten – und dies mitten in einem der zehn reichsten Länder der Erde.

Hier begegnet uns jene Woge, die der amerikanische Sozialphilosoph und Psychoanalytiker Erich Fromm mit dem Ruf „vom Haben zum Sein" zum Ausdruck gebracht hat.

„Was nützt es dem Menschen ..."

Es gibt nicht nur die skurrilen Tänze um die Statussymbole und die Auffassung von der Welt als eines endlosen Buffets, an dem man sich hemmungslos bedienen kann. Es gibt nicht nur die Besitztrunkenheit und die endlose Zuwachsraten-Erwartung. Diese gibt es natürlich auch. Dennoch blüht in unserer Zeit auch die Erkenntnis, die das Wort Christi so schlicht ausgedrückt hat: „Was nützt es dem Menschen, wenn er die ganze Welt gewinnt, aber an seiner Seele Schaden leidet ...?" Natürlich wird man mir entgegenhalten: Das sind doch reine Ausnahmeerscheinungen, die große allgemeine Geste ist nach wie vor die des Forderns und des Mehr!

Es gibt aber auch anderes. Es gibt zum Beispiel mehr zufriedene Menschen, als man meinen möchte. Ich erlaube mir diese Feststellung. Ich habe in meiner Diözese 5000 Kranke besucht (und auch diejenigen, die sie mit Geduld und Treue pflegen). Und hier habe ich keine Welt des Habens angetroffen, sondern eine Welt des Seins.

Doch ist hier noch etwas hinzuzufügen, was für alle Wellen und untergründigen Ströme gilt: Sie warten auf *Bejahung,* damit sie aus der Tiefe an die Oberfläche kommen können. Und hier schließt sich der Kreis: Durch Klagen, Schimpfen, Anprangern und Verurteilen wirkt man kein Heil. Die Klageweiber dienen dem Tod, nicht dem Leben. Der negative Affekt leistet einen sehr bescheidenen Beitrag zu einer menschlicheren Welt. Was wir brauchen, ist die Sensibilisierung für das Gute, die Freude daran, die Dankbarkeit.

Nur wenn wir die Herzen für die Ströme des Heils in unserer Zeit öffnen, wird uns der Advent mehr sein als eine Erinnerung an das Warten der Menschheit vor Christus, und mehr als einige wunderbare, heimelige Bräuche. Dann stehn wir mitten im zeitlosen Advent Gottes, der immer aktuell ist.

II
DAS GESCHENK DER WEIHNACHT

Heute ist euch der Retter geboren

Die Weihnachtsbotschaft nach Lukas (2,1–14)

In jenen Tagen erließ Kaiser Augustus den Befehl, alle Bewohner des Reiches in Steuerlisten einzutragen. Dies geschah zum erstenmal; damals war Quirínius Statthalter von Syrien. Da ging jeder in seine Stadt, um sich eintragen zu lassen. So zog auch Josef von der Stadt Nazaret in Galiläa hinauf nach Judäa in die Stadt Davids, die Betlehem heißt; denn er war aus dem Haus und Geschlecht Davids. Er wollte sich eintragen lassen mit Maria, seiner Verlobten, die ein Kind erwartete.

Als sie dort waren, kam für Maria die Zeit ihrer Niederkunft, und sie gebar ihren Sohn, den Erstgeborenen. Sie wickelte ihn in Windeln und legte ihn in eine Krippe, weil in der Herberge kein Platz für sie war.

In jener Gegend lagerten Hirten auf freiem Feld und hielten Nachtwache bei ihrer Herde. Da trat der Engel des Herrn zu ihnen, und der Glanz des Herrn umstrahlte sie. Sie fürchteten sich sehr, der Engel aber sagte zu ihnen: Fürchtet euch nicht, denn ich verkünde euch eine große Freude, die dem ganzen Volk zuteil werden soll: Heute ist euch in der Stadt Davids der Retter geboren; er ist der Messias, der Herr. Und das soll euch als Zeichen dienen: Ihr werdet ein Kind finden, das, in Windeln gewickelt, in einer Krippe liegt. Und plötzlich war bei dem Engel ein großes himmlisches Heer, das Gott lobte und sprach: Verherrlicht ist Gott in der Höhe, und auf Erden ist Friede bei den Menschen seiner Gnade.

Das Fest der Geschenke

In den letzten Tagen vor Weihnachten beginnt das große Verpacken. Unzählige Dinge bekommen über ihr Alltagsaussehen ein Festgewand übergeworfen und sollen dem Empfänger zurufen: „Ich bin da, ich bin für dich da, ich bin ein Geschenk!" Wir verwenden übrigens für „Geschenk" ja auch das lateinische Wort „Präsent", das ursprünglich eben diesen Ruf zum Ausdruck bringt: Ein Ding, das da ist, das ins Auge fällt, das sich anbietet.

Ein schöner Brauch

Eine ganze Industrie ist aufgeboten, den vielfältigen Zauber der Umhüllungen herzustellen: der Schachteln, bunten Papiere, farbigen Schleifen, glänzenden Kärtchen, glitzernden Sterne und der vielen anderen weihnachtlichen Accessoires. Es gibt diese festlichen Roben der Dinge in allen Formen und Preislagen, vom pompösen Aufwand über echte Eleganz bis zum rührenden, offensichtlich zweitverwendeten Buntpapier mit dem leicht „verwuzelten" Goldband, mit dem mir ein behindertes Kind seine Zeichnung als Geschenk verehrt.

Der kritische und selbstkritische Mensch wird zwar darauf hinweisen, daß diese ganze Woge aus Silber, Gold und Tannenzweig nicht immer nur aus der herzlichen Absicht geboren sein muß, anderen eine Freude zu machen, sondern daß manchmal auch Geschäftstüchtigkeit, Prestigedenken und der Versuch, sich von wesentlicheren Verpflichtungen loszukaufen, die schönen Schleifen flicht. Doch welches menschliche Tun hätte nicht auch Fragezeichen? Im Ganzen ist es doch ein schöner Brauch, das Schenken rund um die Weihnacht, ein Stück Kultur des Zueinander und Füreinander, eine freundliche Geste in der grauen Straße des Alltags. – Die Menschheit hat ja schon weniger schöne Bräuche entwikkelt.

Der nüchtern Denkende wird vielleicht die Stirn runzeln, wenn er sich klar macht, wie rasch diese weihnachtliche Herrlichkeit vorbei ist. Der ganze Aufwand konzentriert sich oft auf einen kurzen Augenblick der Spannung, der Überraschung und Freude. Die festliche Hülle wird möglichst rasch entfernt werden. Es tut uns manchmal fast leid, solch ein Kunstwerk von Verpackung zu zerstören, und wir kommen uns wie Barbaren vor, wenn wir zur Schere greifen. Am Weihnachtsmorgen künden dann die von der Bescherung übriggebliebenen zerknitterten und angerissenen Papiere und Bänder von der Vergänglichkeit menschlichen Feierns, und bald wandert alles in die Öfen oder Abfalltonnen.

Das Geschenk des Lebens

Aber es scheint mir der Mühe wert, vor diesem flüchtigen Strom der Gaben und Geschenke innezuhalten, der in dieser Zeit unsere Welt überflutet. Leuchtet in ihm nicht für einen kurzen Augenblick eine tiefere Wahrheit auf, eine Seite des Lebens, die uns im Alltag meistens nicht bewußt wird? Sind wir nicht in Wahrheit in vielerlei Hinsicht von Geschenken umströmt, auch wenn diese Geschenke, seien es Dinge oder Ereignisse, sich ohne Schleife, Silberband und Zweig darbieten? Eine Zeitspanne des Wohlstands kann sehr leicht unser Verhältnis zu den Sachen, zu den Menschen und zu den Widerfahrnissen des Lebens stören. Wir gewöhnen uns daran zu wünschen, zu verlangen, zu bekommen, zu haben, zu gebrauchen und wegzuwerfen. Und alles wird zur Selbstverständlichkeit.

Doch bei Licht betrachtet, ist fast nichts selbstverständlich. Auf unserem Weg durch die Zeit treffen Stunde für Stunde Geschenke bei uns ein, aber wir schenken ihnen kaum Aufmerksamkeit.

Nur ab und zu gibt es Augenblicke, in denen die goldenen Schleifen an den Dingen aufblitzen.

Wer einmal nach einem Besuch in der Klinik durch die Glastür ins Freie tritt und jene Atmosphäre von Schmerz und Hoffnung, Tragik und Schicksal, unerschütterlichem Lebenswillen und stiller Geduld gerade erfahren hat und das nun alles zurücklassen kann, für den mag hier einen Augenblick lang die eigene Gesundheit die Schleife des großen Geschenks tragen.

Wer einmal die Morgensonne über dem Nebelmeer oder eine Gletscherwanderung in klarer Mondnacht erlebt, wer sich vielleicht in einer ruhigen Stunde über das Wunder einer Blüte beugt oder einem fallenden Herbstblatt nachsinnt, auch der mag erfahren, was man ein Geschenkerlebnis des Daseins nennt.

Der Künstler oder Schriftsteller wird den

schöpferischen Einfall, das treffende Wort, das dichterische Bild, der Maler den gelungenen Zusammenklang der Farben, der Architekt die geniale Lösung einer Raum- oder Baugestaltung wie einen Blitz empfinden, der plötzlich einschlägt. So sehr man diesen Geistesblitz aber auch ersehnt und um ihn gerungen hat, er ist doch nicht einfach machbar und läßt sich nicht herbeizwingen. Jede Psychologie des Schöpferischen stößt irgendwann auf dieses Geheimnis.

Und wer von uns wäre so vermessen, Harmonie mit dem Partner, familiäres Glück oder erzieherisches Gelingen als selbstverständliche, eben dem eigenen Vermögen entsprechende Leistung einzustufen? Wer nur ein wenig darüber nachdenkt, weiß, daß dies alles im Grunde immer die Schleife des Geschenks trägt. Ob er es nun Glück oder gütiges Schicksal, Gnade oder Segen nennt – es kommt jedenfalls auf eines hinaus: Es liegt auf dem Gabentisch des Lebens und steckt nicht in den Regalen des Supermarktes, nicht im Münzautomaten und nicht in den Policen einer Versicherung.

Ob uns vielleicht einmal auch das eigene Leben im Licht des Geschenks erschienen ist? Vielleicht gleich nach nach diesen Schrecksekunden, in denen die Bremsen quietschten und irgendein Steuer im letzten Moment vor der Katastrophe gerade noch herumgerissen wurde? Haben wir da nicht einen Augenblick lang das Leben mit zitternden Händen wie ein kostbares Juwel im geöffneten Etui neu empfangen?

Zweifellos sind die Geschenkerfahrungen des Daseins dünner gesät, wenn es uns allzu gut geht. Hier haben die sogenannten guten Zeiten ihre gefährlichste Falle. Wen auf seinem Lebensweg Not und Entbehrung und Bedrängnis begleitet haben, der tut sich gewiß leichter, an durchaus gewöhnlichen Dingen den Tannenzweig und die silberne Schleife zu entdecken: am Brot, das auf den Tisch kommt, am reinen Quellwasser, das hier bei uns noch aus jedem Brunnenhahn fließt, am Sattseinkönnen und am Schlafendürfen.

Doch entscheidend wird ohne Frage eine geistige Grundeinstellung sein, die sich Menschen allen Alters auch in unserer Zeit zu eigen machen können. Wer zum einfachen Leben ja sagt, gewinnt einen scharfen Blick für Geschenke. Der heilige Franz von Assisi sieht in seinem „Sonnengesang" die ganze Welt als Geschenk.

Danken können

Im Geschenkerlebnis des Daseins stoßen wir auf eine tiefe Quelle des Religiösen. Wenn wir Sigmund Freud, dem Mitbegründer der Psychoanalyse, auch viele Erkenntnisse über die Tiefen der menschlichen Seele verdanken – in einem Punkt besteht bei ihm eine Lücke: Es ist nicht so, daß nur die negativen Grenzerfahrungen, der Tod, die Not, die Enttäuschung, der Mangel, die Hilflosigkeit und das Scheitern als Motive religiöser Gedanken angesehen werden können. Religion und Glauben haben zwar oft den Charakter des Aufschreis zu Gott, doch ebenso das Kennzeichen des Aufstiegs zum Ewigen aus der Erfahrung des Geschenks.

Wer das Dasein als Geschenk erlebt, hat das Bedürfnis zu danken. Sooft ich eine Spende von „Ungenannt" bekomme, verweilen meine Gedanken bei diesem „Ungenannt". Ich möchte ihm die Hand drücken. Das Geschenk drängt zum Dank, und der Dank drängt zum Du. Die Dankbarkeit sucht sich kein „Es" als Adresse. Was soll schon ein Dank an ein Chaos oder einen Kosmos, ein Schicksal oder ein Universum, ein Naturgesetz oder gar an den Zufall? Ein Weiser stellte dazu einmal vielsagend fest: Es sei die größte Traurigkeit des Atheisten, daß er nicht wisse, wem er danken solle …

Der Brauch des weihnachtlichen Schenkens, wie er nun einmal zu unserem Jahresablauf gehört, ist der Besinnung wert. Die bescheidenste weihnachtliche Gabe, die im Festgewand zu uns kommt, sollte uns daran erinnern, daß wir tausendfach Beschenkte sind. Vielleicht könnte uns das auch helfen, zu einer Art existentieller Dankbarkeit zu finden, zu einer Haltung, die der Mensch in einer Epoche der Wissenschaft, des Fortschritts, der Inbesitznahme der Welt, der Weltgestaltung und des Wohlstands eher geneigt ist zu vergessen.

Doch hinter dem weihnachtlichen Schenken und Beschenktwerden tut sich eine noch tiefere Dimension auf: Wer durch diese schönen Formen des Festes zu seiner eigentlichen Tiefe im Glauben vorzudringen vermag, zur Botschaft von der Menschwerdung Gottes, der weiß, daß das ganze Universum vom Geheimnis des sich verschenkenden Gottes durchwaltet wird. Damit haben wir die Grenzen dessen erreicht, was wir erahnen können.

Wenn wir nun am Heiligen Abend an den Päckchen und Paketen nesteln, um die bunte Verpackung zu lösen und zu dem vorzudringen, was sie verbirgt, dann sollte für uns mehr aufgehen als ein paar Knoten und Schleifen, und wir sollten mehr finden als diese oder jene Überraschung. Wir sollten etwas von dem Geheimnis erfahren, das unser Dasein umfängt.

Der Duft der Weihnacht

Mutti, Weihnachten kann man riechen", sagte das kleine Mädchen. An diesem Kinderwort, das ich einmal gehört habe, ist etwas Wahres dran. Kindernasen sind feinfühliger als unsere abgestumpften, zivilisationsgeschädigten Erwachsenenriechorgane, und wir alle werden uns daran erinnern, daß bestimmte Düfte, die durch unser Elternhaus zogen, ein Hinweis waren, daß ein Fest bevorstand, und sie versetzten uns in Spannung und Aufregung. Ein paar brennende Kerzen aus Bienenwachs, etwas Tannenreisig im Ofen, der Geruch von frischgebackenen Lebkuchen – das alles ergab ein Bouquet, gegen das die feinsten französischen Parfüms nichts waren.

Der faszinierende Duft

Weihnachten kann man riechen. Wenn ich in den Tagen vor Weihnachten durch die Altstadt von Innsbruck gehe, in der in jedem Jahr der Christkindlmarkt seine Buden aufgeschlagen hat, brauche ich nur für einen Augenblick die Augen zu schließen, und dann fällt mir die weltberühmte blinde Amerikanerin Helen Keller ein, die vor einem Menschenalter schrieb, die Gerüche unter den Lauben der Innsbrucker Altstadt hätten sich ihr so nachhaltig eingeprägt, daß sie sie in ihrer unvergleichlichen Einmaligkeit immer wiedererkennen würde ...

Weihnachten kann man riechen. In der Heiligen Schrift und den uralten Riten der Kirche kommt auch der Duft zu seinem Recht, und Weihnachten hat diesen Duft besonders populär gemacht. Er streicht um Weihnachten nicht nur um die Altäre, vielmehr wagt er sich auch in die Häuser und Wohnungen, doch nicht bloß auf Berghöfe, wo man seit jeher alte Bräuche pflegt und in den drei Heiligen Nächten – am Heiligen Abend, um Silvester und vor Dreikönig – die Schaufel mit der Glut schwenkt, er verbreitet sich auch in den Heimen junger Familien und im städtischen Milieu, wo im Zuge einer neuen Familienkultur zur Freude der Kinder das kleine Räucherwerkzeug wieder Verwendung findet. Schließlich tun's auch ein paar Weihrauchkörner auf einer heißen Platte, um die Feststellung des kleinen Mädchens wahrzumachen: Weihnachten kann man riechen.

Mögen wir über solche Scherze vielleicht auch achselzuckend hinweggehen, so müssen wir doch anerkennen, daß Kinder ein Gespür für urtümliche Symbole haben, auch für solche, die durch die Nase ziehen.

Ein bedenklicher Duft?

Natürlich gibt es gegenüber dem Weihrauch auch Vorbehalte, nicht nur den, daß ihn nicht jeder verträgt. Bei manchen löst Weihrauch eher negative Assoziationen aus, für die der Weihrauch aber nichts kann. So mag der eine hinter dem süßlichen Duft sogar den Ausdruck einer Religiosität wittern, mit der er nicht viel anfangen kann, möglicherweise sogar im Sinne des verbreiteten Ausspruchs: Religion sei „Opium für das Volk" – sofern man seine Abneigung ideologisch verbrämen will. Ein anderer muß die betäubenden Weihrauchschwaden als ein Ausdruck für übertriebenes Würdegehaben empfinden. Daran ist etwas Wahres.

Mein origineller, aber grundvernünftiger Heimatpfarrer nahm mich nach meiner Primiz ein wenig beiseite und flüsterte mir eine Lebensregel zu: „Reinhold, einen guten Rat will ich dir geben – mach beim Weihrauch keinen Brustzug, das verdirbt den Charakter ...!"

Dieser Pfarrer hat den besagten Vorbehalt mancher gegegenüber dem Weihrauch ganz richtig gespürt, weil er ein Kirchenmann mit großer Erfahrung war, und ich muß auch offen zugeben, daß in den höheren Etagen der Kirche manchmal zu viel inhaliert wurde ...

Der heilige Duft

Doch mit Mißbräuchen dieser Art geschieht dem Weihrauch großes Unrecht. Als der Weihrauch als eine der Gaben der Drei Weisen aus dem heutigen Irak nach Bethlehem zur Krippe kam, hatte er bereits einen weiten Weg durch die heiligen Räume der Menschheit hinter sich, durch die uralten Kulturen des Orients. Er hatte ägyptische Tempel und Grabkammern erfüllt und war von babylonischen Stufentürmen zum Himmel gestiegen, wurde im heiligen Zelt Israels gestreut, und er hat das Allerheiligste des Tempels von Jerusalem mit seinem Duft durchströmt.

Das kostbare Harz, das auf den Karawanenwegen durch die Wüsten und Steppen Asiens herbeigeschafft wurde, wurde schon immer zu dem stummen Gruß der Ehrfurcht, der aus der kleinen Welt des Menschen aufsteigt und sich in den Bereichen des Unsagbaren, des Transzendenten verflüchtigt.

Die Drei Weisen, die aus dem Heidentum kamen, brachten ihn als jenes Symbol göttlicher Verehrung mit, das ihnen zur Verfügung stand. Eigentlich sollte man meinen, sie hätten den Weihrauch damit im Raum des Christlichen sozusagen salonfähig gemacht. Aber ganz so einfach war es nicht. Auch vor zweitausend Jahren gab es Vorbehalte gegen den Weihrauch. Die Christen hatten erlebt, wie er vor größenwahnsinnig gewordenen römischen Kaisern gestreut wurde als ärgerniserregendes Zeichen vergöttlichter irdischer Macht. Deshalb fand der Weihrauch mit einiger Verspätung Eingang in den christlichen Gottesdienst. Es war ein langer Weg bis zum Ministranten, der heute stolz das Rauchfaß schwingt!

Zeichen der Anbetung

Doch der tiefste Sinn des Weihrauchs liegt darin: als Zeichen der Ergriffenheit steigt er vor dem Ewigen empor. Seine Wolken wandern den Weg des Herzens, das vor Gott erschauert. Er ist gleichsam das Rauchsignal der Anbetung.

Vor Jahren erschien von Wolfgang Kraus ein bemerkenswertes Buch mit dem Titel: „Die verratene Anbetung". Dieses Werk trifft ein wesentliches Defizit unserer Zeit. In ihm geht es darum, daß die Anbetung heute weithin zu kurz kommt bis tief hinein in die Reihen jener, die sich durchaus als gläubige und religiöse Menschen betrachten, ja bis hinein in meinen eigenen Stand, dem sie doch das erste Anliegen sein müßte.

Und darum erlaube ich mir, hier auf der ersten Seite einer Tageszeitung etwas zu tun, was sicher an dieser Stelle höchst unüblich ist, nämlich das Rauchfaß zu schwenken (was ich ja sonst nur bei Pontifikalämtern am Altar mache).

Aber der Duft der Weihnacht, der heute durch unsere Lebensräume zieht, müßte uns doch daran erinnern, daß über alles humane, soziale und moralische Engagement hinaus die Anbetung der Kern echter Religiosität ist.

Und wenn unsere Seelen das Knien vor dem Mysterium des erlösenden Gottes verlernt hätten, dann wäre Weihnacht wirklich nur mehr ein Eß-, Trink-, Geben- und Bekommen-Ritual mit etwas Stimmung und großen Umsätzen: ein Flitter, der nicht viel bedeutet. Deshalb ist es sicherlich richtig, wenn an diesem Abend der Duft aus dem Bereich des Sakralen ausbricht und in die Räume des Alltags vordringt, in denen die Anbetung selten Gastrecht hat, obschon das Menschsein ohne sie ein Torso ist.

So haben diese kleinen Körner auf den Herdplatten und Kaminschaufeln, auf der Holzkohlenglut in den silbernen Rauchfässern der Ministranten und Sternsinger eine hintergründig-mahnende Bestimmung: sie möchten eine Atmosphäre des großen Sich-Verneigens verbreiten.

Und wie seinerzeit die Drei Weisen den Weihrauch als Erweis ihrer Huldigung dem neugeborenen König der Welt aus den Traditionen der damaligen Weltreligion überbracht haben, sollte dies für uns heute ein Zeichen dafür sein, daß jeder zu dieser Verneigung vor dem Ewigen eingeladen ist, ganz gleich, woher er kommt.

Weihrauch ist das uralte Symbol einer vom Unsagbaren ergriffenen Welt.

Wenn das an diesem Abend der Abende, am Heiligen Abend, in unsere Herzen eindränge, bekäme das Wort des kleinen Mädchens tatsächlich eine geradezu abgrundtiefe theologische Dimension:

„Mutti, Weihnachten kann man riechen ...“

Bahnt ihm die Straßen!

Vom Fenster meines Arbeitszimmers aus geht der Blick hinunter auf die Gassen der Altstadt von Innsbruck, über die sich in den Wochen vor Weihnachten die Lichtgirlanden spannen. Die in der Dezembernacht von Helligkeit überfluteten Pflasterwege haben etwas Anheimelndes. Auf meinem Schreibtisch liegt die Bibel mit den Seiten aus dem Buch des Propheten Jesaja aufgeschlagen. Darin ist auch von Straßen die Rede. Jesaja singt dem Kind von Bethlehem schon siebenhundert Jahre vor seiner Geburt ein Begrüßungslied: „Bahnt für den Herrn einen Weg durch die Wüste! Baut in der Steppe eine ebene Straße für unseren Gott! Ebnet den Weg, räumt die Steine beiseite ...!"

Wo sind sie, diese Wege Gottes in unserer Zeit? Die strahlenden Geschäftsstraßen lassen sich wohl nicht ohne weiteres mit ihnen identifizieren. Gibt es in unserer Epoche so etwas wie ein Straßenbauprogramm Gottes? Zeichnen sich in Kirche, Gesellschaft und Weltbewußtsein von heute Trassen des Geistes und des Herzens ab, die man als „Straßen des Herrn" bezeichnen könnte; Straßen, die nach Bethlehem führen und darüber hinaus in eine erlöstere Welt?

Ich glaube, daß es dieses Straßenprogramm Gottes gibt. Nur liegt es meist im Schattendunkel unseres Bewußtseins. Deshalb möchte ich heute, am Heiligen Abend, für diese großen Transitrouten Gottes die Beleuchtung einzuschalten versuchen. Sie verdienen wirklich ein paar Lichtgirlanden.

Die Straße in Richtung Frieden

Zu diesem Weihnachtsfest 1989 wage ich das vielstrapazierte Wort vom Frieden mit einer größeren Zuversicht auszusprechen. Das Jahr 1989 wird in die Weltgeschichte eingehen, und zwar nicht deshalb, weil mit ihm mit Pomp und Getöse die Jubiläumsfeiern zum 200. Jahrestag der Französischen Revolution von 1798 angekündigt wurden – eine Revolution, die mindestens 600 000 Menschen das Leben kostete –, sondern weil in den Straßen von Warschau, Budapest, Berlin, Leipzig, Prag und Preßburg eine viel größere Revolution stattfand, bei der sich Millionen gegen eine Jahrhunderttyrannei erhoben, ohne daß eine Fensterscheibe kaputtging. Nach allen bisherigen Gesetzen der Weltgeschichte hätte es ein Blutbad sein müssen. Doch es war keines.

Hier ist etwas Neues aufgebrochen. Die Friedenswelle hat zweifellos die Herzen der Menschen verändert. In unserer Zeit gibt es so etwas wie einen gesunden Ekel vor der Gewalt. Und sie haben an den Straßen des Jesaja gebaut, die Hunderttausende, die Hand in Hand eine Menschenkette über ganze baltische Länder spannten, die Straßenzüge in Leipzig und in Prag mit lächerlich winzigen Kerzen erhellten, die Organisationskomitees, die vor Altären und in Kirchengewölben tagten. Es ist ein weltgeschichtliches Wunder. Die Trasse Gottes wird sichtbar. Auf diesem Weg kann man ausschreiten.

Die Straße in Richtung Herz

Seit damals, als der Verhaltensforscher Konrad Lorenz in seinem Buch „Die acht Todsünden der zivilisierten Menschheit“ darauf hinwies, sind über ein Phänomen ganze Bibliotheken von Büchern erschienen: Die sterbenden menschlichen Beziehungen in einer verstädterten, überorganisierten, übertechnisierten, computergesteuerten, sich auf enger werdendem Raum zusammendrängenden Menschheit. In einem derartigen Klima schwinden Anteilnahme, Einfühlung, Empathie, Hilfsbereitschaft und Zuwendung wie die immer seltener werdenden Blumen auf Kunstdüngerwiesen.

Dennoch besteht kein Zweifel darüber, mitten in diesem frostigen Klima der Isolierung und Ausgrenzung des Einzelmenschen gibt es Gegenbewegungen, Trassen mit vielen Fahrbahnen, aufbrechende Anteilnahme, Verständnis für Außenseiter, eine neue Sicht der Behinderten, Bewegungen, die sich weltweit der Unterdrückten und Vergessenen annehmen. Schon vor zwanzig Jahren haben Zukunftsforscher auf einem ihrer Weltkongresse diese Trasse in groben Zügen entworfen und gesagt, es sei wichtiger für das Glück der Menschheit, Menschen mit Herz und Fähigkeit zur Empathie, zur Einfühlung zu erziehen, als nur auf einen rasanten technischen Fortschritt zu vertrauen.

Diese Straße zum Herzen hin gibt es. Ich sehe sie vor allem in der Mentalität vieler junger Menschen, mit denen ich zu tun habe. Wenn man in meinem Alter versucht (was schwierig genug ist), sich von den fast zwangshaft einsetzenden Illusionen der Vergangenheitsvergoldung freizumachen, dann muß man zugeben: Diese Generation ist vielleicht weniger robust und weniger belastbar als es unser rauheres Geschlecht war, doch sie ist sensibler, wacher, mitfühlender, milder urteilend, verstehender und verstehensbereiter, als wir es waren. Diese jungen Menschen haben ihre Schwierigkeiten und Probleme, die anders akzentuiert sind als es die unseren damals waren, aber auf der Straße zur Herzlichkeit schreiten sie freier aus. Ich brauche nur daran zu denken, wie junge Menschen sich eines Behindertentransportes annahmen, der in unsere Stadt kam ... Alle Straßen der Herzlichkeit sind Trassen nach Bethlehem. Man darf auf ihnen getrost ausschreiten.

Die Straße in Richtung Ethos

Was diese Trassenführung unserer Gesellschaft betrifft, erlaube ich mir ein wenig mitzureden. An dieser Baustelle komme ich nämlich häufig zum Handkuß, bzw. werde ich eingeladen, eine Schaufel voll für den Unterbau beizusteuern. Wenn ich meinen Jahreskalender mit all meinen Terminen durchblättere und zu sammeln versuche, was mir im Laufe der Monate an Themenwünschen vorgetragen wurde – von Ärzten und Sozialhelfern, Anästhesiologen und Gynäkologen, Tourismusfachleuten und Kreditinstituten, Junger Wirtschaft und Psychiatern, Alpenverein und Lions-Club, Bäuerinnen und Offiziersgesellschaft, Jungbauern und Dritte-Welt-Helfern –, bei allen geht es fast immer um die eine Frage: Wo sind die tragenden Werte, die entscheidenden Ziele? Was sollen wir tun, wo sind die Grenzen, die das Menschliche wahren? Dürfen wir tun, was wir können? Alles zielt auf die Urfrage hin: Was ist gut?

Soweit ich mich zurückerinnern kann, ist diese Straße in Richtung Ethos noch niemals in solcher Deutlichkeit aufgebrochen wie heute. Es scheint, daß am Ende des fortschrittlichsten aller Jahrhunderte, angesichts der ungeahnten, fast erschreckenden Möglichkeiten des Menschen, das Verantwortungsbewußtsein stärker ins Blickfeld kommt. Diese Trasse gehört Gott. Und sie hat viele Fahrstreifen.

Die Straße in Richtung Schöpfung

Vor etwa zwanzig Jahren hatte ich ein Schlüsselerlebnis, das ich niemals vergessen werde. Ich ging daran, aus der fast unübersehbaren pädagogischen und erziehungspsychologischen Literatur eine Bibliographie zum Thema „Erziehung zur Ehrfurcht" zusammenzustellen. Ich mußte bald kapitulieren. Für dieses erzieherische Anliegen war keine Schublade da. Nur in Spurenelementen fand sich das Thema da und dort verstreut. Inzwischen ist das anders geworden. Die Ehrfurcht vor Mensch, Schöpfung und Schöpfer ist wieder ins Zielfeld gerückt. Schon in der Sprache, dem untrügerischen Thermometer einer Zeit, ist dies zu erkennen. Das einst so selbstbewußte Vokabular des Fortschritts wird nur mehr zögernd und sehr einschränkend gebraucht: Erschließung, Ausbau, Nutzung, Pioniertat, Entwicklung, Steigerung, Zuwachsrate ...

Andere Worte sind statt dessen modern geworden, erhalten Öffentlichkeitsrecht, nisten auf Abgeordnetenpulten und wandern in Gesetzestexte: Behüten, Schützen, Schonen, Ruhezone, Schranke, Schutzgebiet, Umweltverträglichkeit, Umweltfreundlichkeit ... Aus der verachteten Drecklache meiner Jugend ist ein kostbares Biotop geworden, das wahre Wunder des Lebens birgt, Wunder, die für stundenfüllende Fernsehfilme reichen.

Die Straße der Ehrfurcht vor der Schöpfung ist in vollem Bau. Und es ist sicher eine Straße Gottes in der Welt von heute. Auch eine Straße zum Menschen. Sie läßt hoffen, daß Zerstören und Töten immer weniger „in" wird. Und dies in allen Bereichen.

Die Straße in Richtung Transzendenz

Hier geht es gewiß um die Straße, die Jesaja besonders am Herzen lag: Jene Bahn, auf der das Menschenherz in die Ewigkeit zieht. Wie steht's mit dieser Straße in unserer Zeit?

Eines ist augenfällig: Auf der Hälfte unserer Erde ist die Staatsmacht und ihre Ideologie nun siebzig Jahre lang mit allen Bulldozern aufgefahren, um diese Straße zur Transzendenz einzuebnen. Das Unternehmen hat vielen gläubigen Menschen unsägliches Leid gebracht. Aber das Ergebnis war kläglich. Aus Kellern und Kolchosen, aus Lagern und Gulags, aus Forschungszentren und Hohen Schulen steigt der Glaube wieder auf. Jahrelang sind sie am 1. Mai an den dunklen, gesperrten oder zweckentfremdeten Kirchen vorbeigebraust, die Panzer und Raketenlafetten und die exakten Marschstiefelklopfballette mit dem dröhnenden Schritt.

Aber jetzt glimmen in den dunklen Kirchen die Kerzen auf, und Menschen drängen sich in ihnen. Die Straßen zur Transzendenz haben alle Paradeplätze und Aufmarschstraßen der Gottlosigkeit überquert und überdauert. Gott läßt sich seine Straßenbaukonzepte auch nicht von irgendwelchen Politbüros und Stasi-Zentralen streichen.

Und der Westen? Haben hier nicht die Avenuen und Prachtstraßen des Wohlstandes die Wege zu Gott überdeckt oder in enge Seitengassen abgedrängt? Manchmal scheint es so. Und doch – wie hat ein Schweizer Psychotherapeut, der seine Praxis in eben einem dieser Zentren von Business und Reichtum ausübt, kürzlich zu mir gesagt? „Spätestens bei jedem dritten Gespräch bin ich mitten im religiösen Problem …"

Manchmal mag die Straße zur Transzendenz in unserer Gesellschaft eine Unterflurtrasse sein, aber sie verschwindet nicht. In tausend Sehnsüchten tritt sie immer wieder hervor. In aller Welt brechen die Sucher und Wallfahrer auf, im wirklichen und im übertragenen Sinn.

Es gibt also nicht nur die girlandengeschmückten Altstadtgassen, die uns mit ihrem traulichen Schein eine fröhliche Weihnacht zuflüstern. Es gibt in unserer dunklen Welt auch die Straße des Jesaja, die großen Trassen Gottes, auf denen die Menschen dem Heil zuwandern, das in der Nacht von Bethlehem auf die Erde kam …

Das Fest der Freude

Für das Thema dieser weihnachtlichen Besinnung war ich lange auf der Suche. Auf dem Schreibtisch haben sich Bücher getürmt, Abhandlungen von Theologen, Essays bedeutender Schriftsteller, die Bildbände der Fotokünstler, die Verse der Dichter – aber es wollte und wollte kein Funke überspringen. Die leise Musik eines Weihnachtsoratoriums aus den Lautsprechern meines Plattenspielers hat ihr Bestes getan, um mich einzustimmen – doch ebenfalls umsonst. Wahrscheinlich versperrt der Alltag mit den Briefen und Sorgen, den Problemen und dem Ärger den guten Gedanken die Bahn.

Ich bin auf den Domplatz hinuntergegangen, wo die Menschen beim Wohltätigkeitsbazar in den Ständen gewühlt haben mit einem fröhlichen Entdeckungseifer, den das exquisiteste Kaufhaus nicht zu wecken vermag. Über die Gasse spannten sich die Lichtgirlanden gegen den grauen Dezemberhimmel, und die Schaufenster blitzten und strahlten um die Wette – aber bei mir hat sich nichts bewegt. Vielleicht ist dieses ganze weihnachtliche Drum und Dran zu früh, zu aufdringlich, zu organisiert und zu hochgezüchtet? Oder ist hinter all dem doch etwas, das ein kurzes Verweilen lohnt?

Auf einmal habe ich ihn gesehen, beim Christkindlmarkt, unter einem Laubenbogen: Einen drolligen dreijährigen Knirps mit viel zu großen Bluejeans, wie sie bei sparsameren Familien auf längerfristiges Hineinwachsen vorausschauend angeschafft werden. Dem Kleinen geht offenkundig ein heißersehnter Wunsch in Erfüllung. Der Vater überreicht seinem anscheinend nicht allzu verwöhnten Sohn eine rosarote Zuckerwolke. Und das Kind strahlt den Vater mit einer solchen Seligkeit an, daß man daran nicht vorbeigehen kann.

Und plötzlich weiß ich, wie mein Thema lauten muß: Das Fest der Freude.

Das Wort von der Freude

So völlig daneben kann ich mit meiner Wahl nicht liegen. Schließlich hat diesen Titel ja nicht meine Wenigkeit erfunden, sondern jener Engel, der auf den Fluren von Bethlehem mit dem sensationellsten Kommuniqué der Weltgeschichte betraut war. Der Engel begann mit den Worten: „Siehe, ich verkünde euch eine große Freude ..." Ich weiß mich also mit diesem Thema in voller Übereinstimmung mit dem himmlischen Pressezentrum.

Bleiben wir also bei der Freude. Aber da die Welt unserer Empfindungen sehr vielschichtig ist, ist es angebracht, mit einer gewissen Vorsicht an das heranzugehen, was uns bewegt, mit den Unterscheidungen jener Psychologie, die sich dem ganzen Menschen verpflichtet weiß, Freude und Freude ist nicht dasselbe.

Die Freude ist die Schwungkraft der Seele

Der feine Unterschied zum bloßen Vergnügen, zum seichten Amüsement, darf nicht übersehen werden.

Das Amüsement begnügt sich mit dem Augenblick, die Freude überstrahlt das Gestern und das Morgen.

Amüsement kann man kaufen, Freude bekommt man eigentlich nur geschenkt.

Das Vergnügen hat etwas mit Befriedigung zu tun, die Freude mit dem Glück.

Mit dem Amüsement lebt der Mensch „in sich hinein", mit der Freude „über sich hinaus".

Das Vergnügen vertreibt die Zeit, die Freude erfüllt sie.

Wenn sich das Amüsement vom Sessel erhebt, setzt sich gleich die Langeweile drauf. Wenn die Freude geht, nimmt die Dankbarkeit den Platz ein.

Das Vergnügen bietet Ablenkung, die Freude motiviert.

Sicherlich lassen sich noch viele Aphorismen zur Freude und ihren schwächeren Surrogaten erfinden, doch es mag genügen. Ein wenig Hineinhorchen in Lebenserfahrungen, Erinnerungen, Initiativen, Menschen und Schicksale, gelungene Wenden und geglückte Neuanfänge – und immer wieder finden wir es bestätigt: Die Freude ist tatsächlich die Schwungkraft der Seele.

Die Freude umarmt die Welt

Die Freude drängt nach Mitteilung. Was uns der Alltag in tausend Spielarten lehrt, haben zwei große Geister in eine faszinierende Form gegossen: Friedrich von Schiller und Ludwig van Beethoven in der „Hymne an die Freude", dem Schlußchor aus der Neunten Symphonie. Vielleicht ist die Sprache jener Zeit für uns eine Spur zu pathetisch, aber in der Schlußabrechnung der Geschichte wird es trotzdem stimmen, daß strahlende Herzen und leuchtende Augen unter den Menschen mehr Gemeinsamkeit geschaffen haben als geballte Fäuste und aufgerissene Mäuler. Darum gilt es zeitlos: „Alle Menschen werden Brüder, wo dein sanfter Flügel weilt ..."

Die ekstatische Verzauberung der Seele, wie die Freude einmal genannt wurde, ist sicherlich ein wirklich segensreicher, ansteckender Bazillus in der Gesellschaft. Wenn diese rissige und verdorbene Erde trotz aller Bedenklichkeiten und Enttäuschungen, die sie birgt, doch hie und da die Melodie zu hören bekommt „Seid umschlungen, Millionen, einen Kuß der ganzen Welt", dann verdankt sie das zweifellos der strömenden Freude und nicht der messerscharfen Kritik, mag diese noch so berechtigt und notwendig sein.

Die Freude ist das lachende Gebet

Leute, die sich die Mühe machen, sorgsam Worte auszuzählen, haben festgestellt: Das Alte Testament stellt die Freude zweihundertmal, das Neue Testament hundertmal in die Mitte des gläubigen Daseins. Deshalb kann ich auf Einzelzitate verzichten und brauche nur noch einmal auf den besagten himmlischen Geist zu verweisen, der den Leitartikel über die Menschwerdung Gottes mit dem Satz begonnen hat „Ich verkünde euch eine große Freude". Dabei hat er eher noch ein wenig Understatement getrieben, denn es müßte natürlich heißen „Ich verkünde euch *die* große Freude schlechthin ..."

Ich gestehe, daß ich mir diese Botschaft ja selbst zu Herzen nehmen muß. Denn auch im kirchlichen Alltag läuft man Gefahr, diesen Grundton der Freude und der frohen Botschaft von allzuvielen Mißtönen überlagern zu lassen, von Zeitproblematik und hoher Kirchenpolitik, von ungelösten Personalproblemen und Gefühlen der Hilflosigkeit. Und wenn man als Bischof nun eben vorübergehend auf der Kommandobrücke des Kirchenschiffes Dienst tun muß, und froh ist, halbwegs den Kurs einzuhalten, dann drängen sich das ganze Jahr hindurch Eifrige und Aufgeregte heran, die es natürlich gut meinen und ständig Feuerbefehle zurufen: Da taucht ein Skandal auf, dort zeigt sich ein Mißstand, hier ist eine Provokation und dort eine Blasphemie, überall erhebt sich das Böse aus den Tiefen. „Los, geben Sie ihm eine Breitseite, Herr Bischof!"

Ich gebe ja zu, daß man hie und da eine gefährliche Mine ins Visier nehmen muß, die zu nahe an die Bordwand des Kirchenschiffes herantreibt. Aber ich wehre mich gegen die Vorstellung, daß das Schiff der Kirche wie ein schußbereiter Raketenkreuzer durch das Weltmeer pflügen soll, alle Ferngläser und alle Rohre auf das Negative gerichtet, das da auf den Wogen des Tages daherschwimmt. Ich fürchte mich vor dieser Vision der Kirche, weil auf einem solchen Gefährt keine fröhlichen Wimpel wehen.

Wenn wir schon beim Symbol des Schiffes bleiben wollen, dann lieber bei jenem wunderbaren Bild eines Kauffahrers, der in der Morgensonne mit gewölbten Segeln in die stille Bucht einfährt, mit ungeahnten Schätzen an Bord, aus einem fernen Land, weit, weit weg hinter allen Horizonten ...

Es ist jenes Bild, das vor über 600 Jahren den frommen Mönch und Mystiker Johannes Tauler zu einem der zartesten und tiefsten Advents- und Weihnachtslieder inspiriert hat:

„Uns kommt ein Schiff gefahren,
es bringt uns süße Last,
darauf viel Engelscharen,
und ein' hohen Mast.

Das Schiff kommt uns geladen,
Gott Vater hat's gesandt;
es bringt uns hohe Gnaden,
Christ, unsern Heiland."

Wie hat Georges Bernanos einmal geschrieben? „Die Aufgabe der Kirche besteht darin, den Menschen zu helfen, die Quellen der verlorenen Freude wiederzufinden!"

Darum bin ich für die zweite Version des Kirchenbildes und nicht für den Raketenkreuzer. Und so gut es geht, sollten wir Christen, ob auf der Brücke oder auf den Decks, diese zweite Sicht zu verwirklichen suchen – und das heißt, daß sich die Kirche dieser Zeit mehr um die Rettungsboote zur Bergung Schiffbrüchiger kümmern müßte als um die Kanonen gegen das Böse.

Und dies deshalb, weil der gütige Gott in seiner Komposition der Weltgeschichte doch auf den großen Hymnus der Freude als Schlußchor hinarbeitet, und weil also der

Dreijährige, der von seinem Vater die rosa Zucker-Wolke mit strahlenden Augen entgegennimmt, doch ein winziges Abbild der Menschheit ist, die Gott mit der Botschaft der Weihnacht zur Freude beruft.

Staunen vor dem Licht

Ein immer wieder faszinierendes Fotomotiv: Die Augen eines Kindes, das auf die brennenden Kerzen des Christbaums schaut.

Natürlich ist heute nicht zu verhindern, daß auch die schönsten Bilder zum „Bildmaterial" werden, das für alles Mögliche herhalten muß und somit Teil der großen Bilderschwemme wird, die uns überflutet.

Dennoch bleibt es dabei: Ein Kind, das ins Licht schaut, ist ein Phänomen des Daseins, zu dem man wirklich mit Goethes Doktor Faust sagen möchte: „Augenblick, verweile doch, du bist so schön ..."

Dabei geht es mir im Grunde nicht um sentimentale Erinnerungen und das Beschwören einer „seligen Kinderzeit". Nein, ich glaube, daß uns aus den Kinderaugen, die das Licht trinken, eine Frage anspringt, eine Frage an *unsere* Augen, an unsere Art, zu schauen und der Wirklichkeit zu begegnen.

Können wir noch staunen?

Wie sind unsere Blicke? Spielen sie nicht hundert Spiele? Unsere Blicke sind wissend, vielerfahren, versiert, reserviert, abschätzend, prüfend, kritisch, unruhig, zerfahren, nervös, zurückhaltend, ängstlich, empört, vorwurfsvoll, gehetzt, angewidert, glanzlos, kühl, gleichgültig, blasiert, resignierend, müde ... Sind diese unsere Augen in all den Weisen und Nuancen, die sie spiegeln, nicht etwas *zu* erwachsen geworden? Zu erwachsen in der Flut der Bilder, die an ihnen im Lauf der Jahre vorbeigezogen sind, und die keine Zeit für Träume ließen? Zu erwachsen im dauernden Einschätzen und Abschätzen von Gesichtern und Dingen, Nachrichten und Signalen, Alltäglichkeiten und Sensationen? Zu erwachsen in den Desillusionen und Enttäuschungen, welche das Leben gebracht hat und die manchmal Glaskörpertrübungen hinterlassen haben, welche nicht leicht zu heilen sind? Läßt diese Welt von heute Menschenaugen nicht vorzeitig altern? Entnehmen wir dem Blick des Kindes in die Lichter nicht eine leise Warnung: Habt ihr nicht etwas verloren, ihr Großen? Was ist mit euren Augen? Könnt ihr noch *staunen?*

Das Staunenkönnen ist ein fundamentales Vermögen des Menschen. Kein Geringerer als

Platon hat gesagt, daß das Staunen das Grunderlebnis aller Philosophie sei. Und mit diesem Worte, „Philosophie“ meinte er keineswegs ein weltfern-fachmännisches Spiel mit schwierigen Begriffen und komplizierten Gedanken, sondern eher jenes wunderbare Auf-die-Reise-Gehen der Seele, das Hinter-die Dinge-Schauen und Sinn-Aufspüren, das wir alle brauchen, damit wir Menschen bleiben und keine willenlosen, außengesteuerten Nummern in der Masse werden.

Im Phänomen des Staunens gleitet ein Vorhang zur Seite, öffnet sich ein Fenster. Staunend stoßen wir auf Neues, das uns gefangen nimmt. Im Staunen treten wir aus der Enge des Alltäglichen, unterbrechen wir den Trott des Gleichgültigen, beflügeln wir den Schritt des Geistes. Eigentlich ist ein einfacher Mensch, der noch staunen kann, einem Hochgebildeten, der diese Kunst verlernt hat, weit voraus. Nur dem Staunenden können sich neue Reichtümer erschließen, nur ihm öffnen sich die Schatztruhen des Lebens.

Wenn wir diese Gedanken beim Blick auf das staunende Kind vor dem Lichterbaum kreisen lassen, steigt ein uraltes Wort aus zweitausend Jahre alter Ferne wieder herauf, ein Wort, das so oft im Sinne einer falschen Infantilisierung des Menschen verstanden wurde, und das doch in tiefgründiger Weise immer aktuell bleibt: „Wenn ihr nicht werdet wie die Kinder ...“

Mit geweitetem Blick

Staunenkönnen ist ein Ausweis von Menschlichkeit. Denn im Staunen streift der Mensch den Hochmut ab. Er läßt sich ja überwältigen, von etwas Größerem in Beschlag nehmen. Der Staunende läßt sich beschenken. Darin liegt eine gewisse Bescheidenheit und Demut. Und da nun einmal der Stolz, das hochgespielte Ego, die größte Barriere zur menschlichen Reife darstellt, macht das Staunenkönnen den Menschen so liebenswert.

Staunende Augen werden ruhig und weit. Nietzsche hat vor einem Jahrhundert das prophetische Wort gesprochen: „Die letzten Menschen werden nur noch blinzeln ...“ Wir sind doch tatsächlich Blinzler geworden, unsere Augen sind überfordert von tausend Eindrükken, huschenden Bildern, zusammenhanglosen Informationen, die unsere Erlebniswelt so belasten, daß wir uns es nicht mehr leisten können, bei einem Eindruck sinnend und ergriffen zu verweilen und ein kleines Stück Welt als Wunder zu erleben. Wir sind sozusagen auf Banalitäten im Vordergrund fixiert, – wie die Zuschauer im Wimbledonstadion, die stundenlang den kleinen Tennisball verfolgen, hin und her, und her und hin ... (Der Vergleich ist natürlich nur als Symbol gedacht und will das Interesse an der eleganten Sportart keineswegs diffamieren.)

Aber die Einengung und Horizontalisierung des Blickes ist für uns typisch geworden. Viktor Frankl hat sie den Reduktionismus genannt, die Verkümmerung und Beschränkung des Geistes auf vordergründige Aspekte – und diese Erscheinung hat doch etwas mit dem vielgenannten Sinnverlust zu tun. Das Staunen aber weitet den Blick. Der Staunende bricht zu neuen Ufern auf. Sein Leben wird reicher und tiefer. Und sein Auge wird jünger, auch wenn es hundert Falten um die Lider hat.

Vielleicht sollten wir uns einmal dankbar an das Viele erinnern, das uns geplagten Menschen hie und da zum Staunen verhilft. Es könnten die Wunder der Natur sein, die heute das Fernsehen so eindrucksvoll in jede Wohnung spielt – sei es der Flug einer Möve oder das Leben der Tiefsee. Man braucht aber gar nicht so weit zu gehen. Die Leistungen des grünen Blattes am Blumenstock neben meinem Schreibtisch hat noch kein Chemiekonzern der Welt eingeholt.

Ebenso kann es die Gestaltungskraft eines Künstlers sein, die uns das Staunen lehrt. Eben hat mein Plattenspieler mit einem leisen Klick eine Klaviersonate von Schubert beendet, die letzte, die er vor seinem Tod geschrieben hat, und es ist unfaßbar, was hier an Schwermut und Trost ineinanderströmt ...

Auch die stille Güte eines Menschen kann staunenswert sein: die Art, wie eine Schwester im Pflegeheim die Kranken betreut, die Weise, wie eine junge Lehrerin Schwerstbehinderte unterrichtet, die Unverdrossenheit, mit der ein Sozialhelfer im Milieu der Gescheiterten wirkt ...

Beginnendes Heil

Es gibt viel Staunenswertes, das an uns vorüberzieht. Vielleicht bräuchten wir eine Lebenshaltung, die nicht nur Leistung, Aktivität und Zerstreuung kennt, sondern auch immer wieder zu einem Innehalten findet, das gar keine großen Anlässe nötig hat, aber doch das Verweilen erlaubt und das Sich-Wundern in der Seele aufsteigen läßt.

Dann kann – wie es ein Schriftsteller unserer Tage gesagt hat – jeder Falter, der über Blüten taumelt, jede Eisblume an der Scheibe zum

Fenster werden, das Einblick in die Tiefen des Seins gewährt.

Man müßte eigentlich auch über das Staunen eines Kindes staunen. Ein großer Schweizer Heilpädagoge hält viel vom Staunen. Er deutet an, daß nur der ein Kind zu erziehen vermag, der über ein Kind auch staunen kann. Und er ist der Meinung, daß in der Entfaltung des Herzens und des Geistes das Staunen *vor* der Frage liegt, und die Ergriffenheit *vor* dem Zweifel.

Die Weisen des Altertums haben das Staunen an den Beginn der Philosophie gesetzt. Sören Kierkegaard, der Denker aus Dänemark, ging noch etwas weiter. Er setzte das Staunen an den Beginn des *Heils.* Und wenn man die Heilige Schrift aufschlägt, und etwa das kosmische Staunen des Psalmisten liest, muß man ihm recht geben:

„Seh' ich den Himmel an,
das Werk Deiner Finger,
Mond und Sterne, die Du befestigt:
Was ist der Mensch, daß Du an ihn denkst,
des Menschen Kind, daß Du Dich seiner annimmst?" (Ps. 8,4 f)

Und auch die Weihnachtsbotschaft des Evangelisten Lukas berichtet vom großen Staunen am Beginn aller Dinge:

„Alle, die es hörten, staunten über das, was ihnen die Hirten erzählten ..." und: „Sein Vater und seine Mutter waren voll Staunen über das, was von Ihm gesagt wurde ..."

Damit soll sich der kleine weihnachtliche Kreis der Gedanken über das Staunen schließen.

Weihnachten hat viele Gesichter

Kein Fest unseres Lebensraumes und unserer Zeit bewegt die Menschen tiefer als Weihnachten, keines bedeutet mehr für die menschlichen Beziehungen, keines hat einen tieferen „Sitz im Leben". Darum werden im Bannkreis dieses Festes auch die Licht- und Schattenspiele bewußter, die über unsere menschliche Existenz huschen. Daher kommt es wohl, daß Weihnachten viele Gesichter hat.

Lichtseiten

Wenn wir in den Wochen der Adventszeit in die Innenstadt von Innsbruck einbiegen, begegnet uns das *glanzvoll-hektische* Gesicht von Weihnachten, gleichsam die Glamour-Titelseite, der Reigen von Licht und Reklame, Angebot und Schaufensterpracht. Irgendwie gehört das auch zum Fest. Und es besteht eher das Bestreben, alles Schmücken mit Geschmack zu tun. Nur eine grundsätzliche Schwierigkeit gibt es bei diesem Schmuck vom Nikolaustag bis Ostern: die Herrlichkeit dauert zu lange. Festfreude ist kein Teig, den man wochenlang austreiben kann, und das ist der Fall, wenn der Festschmaus der Augen zum Alltag wird.

Aber gerade in einer dieser hellerleuchteten Straßen begegnete mir ein anderes Gesicht von Weihnachten: ein kleiner Junge, der mit großen Augen mit seinem Finger immer wieder auf die Schaufensterscheibe stupst, hinter der die Ziele der Sehnsucht liegen.

Ein Gesicht *kindlicher Erwartung*, die das Leben als Wunder sieht. Wenn man älter ist, steigen beim Anblick des staunenden Kindes ferne, flüchtige, sentimentale Erinnerungen auf, die man wegwischen möchte. Und doch bleibt eine kleine Nachdenklichkeit zurück und die Frage, ob wir Älteren uns von diesem naiven Vermögen des Kindes nicht etwas bewahren müßten ... Erwachsenen, die mit Kindern Weihnacht feiern, wird diese Dimension des Festes vertrauter sein.

Dunkelheiten

Aber Weihnachten hat nicht nur freundliche Gesichter. Dieses an sich so anheimelnde Fest kann auch das Gesicht des *jäh erwachten Leids* tragen. Um Weihnachten werden manche Schatten schärfer. Ein Platz, der im vergangenen Jahr am Familientisch leer geworden ist, wird am Heiligen Abend noch um eine Spur leerer. Was wird an diesem Abend in der Familie sein, in der vor ein paar Wochen die junge Mutter starb? Und dort, wo in den letzten Tagen der Sohn auf der Straße verunglückte? An Weihnachten können auch Schmerzen wach werden.

Das Fest hat nicht für jeden besänftigenden Zauber. Unter dem Christbaum kann deutlicher als sonst bewußt werden, was im Leben zerbrochen ist. Manchen überfällt an diesem Abend das Bewußtsein der Einsamkeit schonungsloser als sonst. Im Umfeld dieses Festes sind die Herzen ungeschützter, dem Strom der Stimmung preisgegeben. Wie viele werden in diesen Tagen in die dunklen Buchten der Schwermut abgetrieben, und unsere Zeit kennt viele Seitenarme der Depression, in denen die Wasser des Lebens still und schwarz stehen.

Um Weihnachten kann auch eine *ungelöste*

Sorge drückender werden als sonst. Wenn ich nach der Weihnachtsfeier im Gefangenenhaus ins Auto steige und der Schlagbaum an der Absperrung sich wieder senkt, lassen sich nicht auch die Schranken der Gleichgültigkeit und des Vergessens heruntersenken. Das Haus mit den diskreten Gittern und den vielen Schicksalen bleibt gegenwärtig. Dieses Fest macht menschliche Tragödien bewußter. Es war übrigens, nüchtern betrachtet, schon in Bethlehem so: Manche Schatten werden um Weihnachten schärfer.

Neue Züge und Konturen

Und doch, und vielleicht gerade deshalb, zeigt dieses Fest in vielen Formen auch das Gesicht einer *wacheren Menschlichkeit,* der verstärkten Zuwendung, so deutlich, wie sonst nie im Jahr. Um die Zeit, in der die Flüsse ihren tiefsten Pegelstand erreichen, hat die Hilfsbereitschaft Hochwasser. „Misereor", „Licht ins Dunkel", „Bruder in Not", Wohltätigkeitsbazare und Nachbarschaftshilfe, Sternsinger und Altenstuben, Aktionen von Vereinen und Jugendgruppen, kirchliche und außerkirchliche Initiativen brechen auf.

Kein anderes großes Fest der Welt kennt

eine ähnliche Mobilmachung des Guten Willens, kein Rosenmontag, kein Karneval in Rio, kein Oktoberfest, keine Olympiade, kein Tag der Arbeit und keine Umkreisung der Kaaba in Mekka, ja auch kein anderes christliches Fest. In der Motivation zum Helfen hält Weihnachten die einsame Spitze.

Auch gibt es ein Gesicht von Weihnachten, das man an der Neige des aufgeklärtesten, nüchternsten und dynamischsten aller Jahrhunderte eigentlich nicht erwartet: Das Gesicht einer *neuerwachten, familiären Kultur.* Es gibt bei uns heute eine Welle des spontanen Musizierens, fern von jedem kommerziellen Interesse, und dieses Musizieren ist selbst dann familiär, wenn es vor tausend Menschen im Kongreßhaus stattfindet. Besonders erfreulich dabei ist, daß es vor allem junge Hände sind, die die Gitarren halten und über die Harfen streichen, die über das Hackbrett tanzen und den Baß zupfen.

Auch die Krippe hat, wider alles Erwarten, den Sprung aus der barocken Bauernstube ins Computerzeitalter geschafft. Die pessimistischen Propheten, die im Medienzeitalter den Untergang all dieser aktiven Formen der Familienkultur vorhersagten, haben mit ihren Prognosen nicht ganz recht gehabt. Und das ist gut so.

Sein Kommen in tausend Formen

Und so kennt Weihnachten auch das Gesicht *gläubiger Ergriffenheit.* Sie kann beim „Stille Nacht, Heilige Nacht" die Menschen erfassen, bei den Worten des Lukasevangeliums die dicht gedrängte versammelte Gemeinde, sie kann sich vor den Lichtern auf den Friedhöfen einstellen und beim Gang durch die sternenklare Nacht. Sie begegnet mir an der Kommunionbank. Vielleicht erfährt sie auch ein Wanderer auf der abendlichen Langlaufloipe. Hoffentlich kommt sie auch an die Krankenbetten und in die Zimmer der Alten. Die Botschaft vom Kind, das das Heil bedeutet, zieht immer noch die Herzen in Bann.

Doch manchmal ist unsere christlich-weihnachtliche Frömmigkeit zu sehr nach rückwärts, auf die Gefilde von Bethlehem gerichtet. Es ist nicht die ganze Weihnacht. Dieses Fest hat eine zeitlos-kosmische Dimension. Die Schau zum nächtlichen Himmel hinauf hat durch Jahrtausende große Geister und einfache Menschen überwältigt. Heute tut man sich eher schwer, den Blick ins Universum zu bemühen, und man denkt an die Werbung, die immerfort ein neues Gerät, ein neues Getränk, ein neues Waschmittel aus den Tiefen des Weltalls auf uns zutaumeln läßt.

So ist es heute ein etwas abgegriffenes Bild, wenn ich dennoch sage: Weihnachten hat wirklich eine kosmische Dimension, die die Lichtjahre und die Weiten des Weltalls und das Ende des Universums umspannt. Dieses Fest verkündet die Botschaft vom Ewigen Wort, das diese Welt geschaffen hat, und das sich dieser Schöpfung schenkt, nicht nur in Bethlehem, sondern heute und immer wieder und überall, in den tausend Formen, in denen Gott kommt, im Leben des Einzelnen, in der Geschichte der Welt und im Werden und Vergehen des Alls, das eben deshalb für den Christen aus allen Dunkelheiten einem hellen Horizont entgegensteuert, weil Gott zu ihm „Ja" gesagt hat.

Weihnachten – das sanfte Fest

Feste haben ihre eigene Atmosphäre, die in Jahrhunderten gewachsen ist und die offenkundig auch noch in eine Gesellschaft hinein weiterwirkt, die sich in ihrer Gesamtheit dem tiefsten Sinn solcher Tage doch eher entfremdet hat. Aber es bleibt eine gewisse Ausstrahlung, eine Art Fluidum, ähnlich den Wellenkreisen, die noch immer ans Ufer schwappen, auch wenn der Stein, der ins Wasser geworfen wurde, schon längst versunken ist. Und was die Weihnacht betrifft, so scheint sich unsere bunte, vielschichtige, differenzierte und meist so konsensarme Welt von heute in einem Punkt einig zu sein: Weihnachten ist ein sanftes Fest.

Um Weihnachten gehört sich vieles nicht ...

Rund um den Heiligen Abend gelten aggressive Töne, hitzige Auseinandersetzungen und schonungslose Kritik als Stilbruch. Selbst der Parlamentspräsident spricht zu diesem Anlaß ins Kampfgetümmel versöhnliche Worte, und die Mitglieder der Fechtklubs in der politischen Arena senken die Degen. Wer immer es wagen sollte, diesen adventlichen Ausklang mit einer parteitaktischen Wadlbeißerei zu stören, läuft Gefahr, sein Image bis zum letzten Fernsehapparat gründlich zu ruinieren. Ein Hauch von Friede, Versöhnung und gemeinsamem Wollen zieht durch Europas Hohe Häuser – wie ein exotisches, ungewohntes Parfüm.

Um Weihnachten sägt man nicht an Ministerstühlen, setzt der schärfste Reporter den Drillbohrer seiner Fragen nicht an, fällt keine Faust zu telegener Entrüstung dröhnend aufs Rednerpult. Die Redakteure der Skandalpresse stecken ihre jüngsten Enthüllungen für die Zeit danach in die Schublade und verschonen damit die Festausgaben ihrer Blätter. Kampfparolen verstummen, aufwühlende Transparente werden eingerollt, harte Abstimmungen um Prozente und Anteile vertagt. Humane Ämter halten – wenn möglich – Briefe mit belastenden Inhalten lieber zurück, und vermutlich sind am Tag vor dem Heiligen Abend wenig Gerichtsvollzieher unterwegs. Professoren werden es vermeiden, als letzten Gruß vor dem Fest noch schnell die Fünfer in Latein und Mathematik zu verteilen, und selbst die aggressive Mieterin im ersten Stock verkneift sich am Heiligen Abend das sonst übliche Treppenhausgefecht. Wer dieses Gesetz der Weihnacht nicht beachtet, setzt sich dem Ruf aus, ein Barbar zu sein. Denn Weihnachten ist ein sanftes Fest.

Irgendwo in einem Dschungelkrieg in Südamerika schweigen während der Feiertage vielleicht sogar die Waffen zwischen Regierungstruppen und Guerilleros. Um den ganzen Erdkreis geht eine Flut von Botschaften und Appellen zur Abrüstung, zur Völkerverständigung und zu neuen Anläufen in Richtung Frieden.

An sich ist dies alles ein erstaunliches Phänomen. Diese sanften Wellen der Versöhnlichkeit und des Friedenswillens, die da durch die Geschichte bis an die fernsten Ufer dieser Gesellschaft des zwanzigsten Jahrhunderts plätschern, sind keineswegs selbstverständlich. Und sie werden noch verwunderlicher, wenn man bedenkt, daß den auslösenden Stein eine winzige Kinderhand vor zweitausend Jahren in das Meer der Zeit geworfen hat. Und selbst wenn die verschiedenen Aggressionshemmungen und Friedensimpulse nur kurzlebig vorüberhuschen, man begrüßt sie zunächst doch – als Signale der Menschlichkeit, als Lebenszeichen einer unausrottbaren Sehnsucht, die da um diese Dezembertage wie ein Sonnenstrahl durch die Wolken bricht.

Das strapazierte Wort vom Frieden

Und trotzdem kann man sich eines unguten Gefühls nicht erwehren, und ich vermute, daß ich mit diesen Empfindungen nicht ganz allein dastehe. Erinnert das alles nicht an eine Art Pflichtübung in Sachen Friede, die sozusagen kalendermäßig alljährlich fällig wird und die wie eine Wunderkerze am Christbaum verzischt? Verwehen diese sanften Töne nicht so schnell wie die süßen Weisen der Turmbläser über den Dächern? Schalten wir nicht schon längst unwillkürlich ab, wenn wir die gewohnten Botschaften, Predigten und Aufrufe zum Weltfrieden vernehmen?

In unserer Zeit haben manche an sich kostbaren Worte einen beängstigenden Verschleiß. Sie sind einfach zu oft gedacht, gesagt, gedruckt, vervielfältigt und gesendet worden, sie sind zu oft über Kanzelbrüstungen gepurzelt und haben sich immer wieder in die Mikrophone gedrängt, sie sind zu häufig über Ätherwellen und Bildschirme gehuscht und sind bis zur Ermüdung mit falschem Pathos über die Welt gestreut worden. Eines dieser strapazierten Worte heißt „Friede".

„Bitte, reden Sie nicht über den Weltfrieden", hat die Schulsprecherin einer höheren Schule zu mir gesagt, „es reicht uns langsam ..." Dabei war das Mädchen natürlich außerordentlich friedliebend und eine erklärte Kriegsgegnerin. Aber sie wollte wohl im Namen ihrer Mitschülerinnen und Mitschüler jenes Unbehagen aussprechen, das bei jungen Menschen aufkommt, wenn sie Unechtheit und Phrasenhaftigkeit zu spüren glauben.

Tatsächlich legt mir der Wunsch dieses Mädchens nahe, die sanfte Botschaft der Weihnacht, den üblichen Friedensappell mit einem vorsichtigen Understatement in den Mund zu nehmen. Die schmetternde und letztlich doch recht unverbindlichen Appelle kommen bei diesem Thema zu leicht über die Lippen des Predigers und die Tasten der Schreibmaschine. Also möchte ich es etwas bescheidener geben. Ich vermeide den flammenden Aufruf an Länder und Machthaber (die sowieso nicht herhören, wenn irgendein kleiner Bischof einen Artikel schreibt). Ich versage mir auch die visionäre Ankündigung einer ganz, ganz anderen, humanen Gesellschaft, von der einige Utopisten träumen, man könne sie mit einer vernichtenden Kritik alles Gegenwärtigen und ein paar Schreibtisch-Zauberformeln für die Zukunft herstellen.

Die befreiende Sperrmüllaktion der Seele

Ich würde lieber vorschlagen, anläßlich des sanften Festes mit einer Sperrmüllaktion des eigenen Herzens zu beginnen. Wir schichten nämlich, wie primitive Revoluzzer, aus alten Vorurteilen, ererbten Abneigungen, aus ganz falschen oder halbwahren Informationen und aus den Verärgerungen des Alltags in unserer Seele immer wieder Barrikaden auf, die den Weg zum anderen blockieren, und über die wir höchstens von Zeit zu Zeit den Molotowcocktail einer Unfreundlichkeit oder Gehässigkeit schleudern, ohne daß wir das Ziel auch nur richtig sehen. Und wir errichten diese Straßensperren, die ich auch bei mir spüre, gegen Einzelpersonen und Gruppen, gegen Stände und Nationen, gegen Moden und Frisuren, gegen Klassen und Berufe, gegen „die da oben", „die da unten" oder „die da drüben". Diese gar nicht leichte Aufräumungsarbeit wäre etwas ganz anderes als wortreich-pathetisches Friedenstrara, und sie wäre mehr als eine vierundzwanzig Stunden dauernde sanfte Weihnachtsstimmung. Vermutlich ginge diese Sperrmüllaktion in den Herzen an die Wurzeln vielen Unfriedens in der Welt.

Und dabei käme nicht nur der andere Mensch besser ins Blickfeld, weil uns das oben genannte Gerümpel nicht mehr so die Sicht verstellt, ich glaube, es wüchse uns auch der Sinn für Tieferes, vielleicht auch für die eigentliche Tiefendimension des Festes. Es könnte ein Ahnen in uns aufkommen, daß Weihnachten sich nicht nur in Umsatzkurven, Stimmungswogen und seichtem Friedenswellengeplätscher am Ufer der Konvention und des Kalenderbrauchs erschöpft, sondern daß es auf das Geheimnis einer strömenden Liebe verweist, die aus den Abgründen des Göttlichen kommt. Vielleicht könnte es uns wirklich zur gläubigen Begegnung mit jenem Kind von Bethlehem führen, das keineswegs nur ein liebliches Wintermärchen ist, wie man's den Kindern – früher auf Ofenbänken und heute auf Schallplatten und Kassettenrecordern – erzählt. Die beste Chance, diesem Kinde nahezukommen, hat allemal der, der den sittlichen

Anlauf vom flammenden und vorwurfsvollen Appell an andere auf die schwierigere Bühne des eigenen Herzens verlegt.

Und dieses Kind, das die Weltgeschichte in Atem hält, ob man's nun wahrhaben will oder nicht, verheißt einen Schalom, einen Frieden, der das ersehnte Schweigen der Waffen bei weitem übersteigt und mitten in einer bedrängten Lebenswirklichkeit aufblühen kann. Denn von diesem Kinde gilt, was ein Weiser des Alten Testaments einige hundert Jahre vorher ahnend ausgesprochen hat:

„Als tiefes Schweigen das ganze All umfing,
und als die Nacht in der Mitte hielt ihre Bahn,
da sprang dein allmächtiges Wort
vom Himmel hernieder auf die Erde …"

Friedrich Kardinal Wetter

Licht der Weihnacht

2. Auflage, 120 Seiten, gebunden.

ISBN 3-451-22086-5

Der Autor erschließt das Geheimnis der Heiligen Nacht, die das Dunkel hell macht. Er will dem Leser zeigen, wie man die vertraute Weihnachtsbotschaft mit neuen Augen entdecken kann als Antwort auf die Suche und Sehnsucht vieler moderner Menschen nach Sinn, echter Menschlichkeit, Liebe und Leben. Das Büchlein enthält ausgewählte Predigten und Ansprachen, die Kardinal Wetter während der Advents- und Weihnachtszeit im Münchner Liebfrauendom und im Bayerischen Rundfunk gehalten hat.

Rudolf Schnackenburg

Gott hat seinen Sohn gesandt

Das Weihnachtsgeheimnis

96 Seiten, gebunden.

ISBN 3-451-22088-1

Wie kaum ein anderes Fest ist Weihnachten von einem geheimnisvollen Glanz umgeben. Dieser Zauber wird zunehmend von Zweifeln überschattet: Was geschah eigentlich an Weihnachten? Was ist gläubige Phantasie, was glaubwürdig bezeugte Geschichte? Und was ist der Sinn dieses Geschehens? Rudolf Schnackenburg eröffnet hier einen neuen Zugang zur Botschaft von der Menschwerdung Gottes. Der Reichtum der ganzen biblischen Botschaft wird hier für Verkündigung und Meditation neu entfaltet: „Das Geheimnis von Weihnachten ist der Schlüssel zum vollen Menschsein."

Verlag Herder Freiburg · Basel · Wien